제주4·3항쟁 70주년 추모 시선집

꽃 진 자리

김수열

시인의 말

"고운 사람들 그때 다 죽고,
나같이 몰명헌 것들만 더러 남안⋯⋯."

그날의 고운 섬과
차마 죽지 못해 오늘이 된
이름 없는 섬사람들에게
삼가 이 시집을 바친다.

제주4·3항쟁 70주년 꽃샘
걸머리에서 김수열

꽃 진 자리

차례

제3부 흙

제4부 넋

후기

1부

물

섬사람들

섬에서 나고
섬에서 자란 사람들은
바람이 말하지 않아도
섬에서 사는 법을 안다
바다 끝에 아련히 떠 있는
사람 없는 섬을 보면서
외로움보다 기다림을 먼저 알고
저만치 바람의 기미 보이면
밭담 아래 허리 기대어
수선화처럼 꽃향기 날려 보내고
섬을 할퀴듯 달려드는 바람 있으면
바람까마귀처럼 바람 흐르는 대로
제 한 몸 맡길 줄도 안다
등 굽은 팽나무처럼
산 향해 머리 풀어 버틸 줄도 알고
바람길 가로막는 대숲이 되어
모진 칼바람에 맞서
이어차라 이어차라 일어설 줄도 안다
어디 그뿐이랴

때가 되면 통꽃으로 지는 동백처럼
봄날 오름자락을 수놓는 피뿌리풀처럼
머리에서 발끝까지 선연한 피 흘리며
미련 없이 스러질 줄도 안다

그대는 진실로 아는가

그대 발 딛고 서 있는 땅 밑에서
분노로 일렁이는 항쟁의 핏줄기를 보았는가
늘상 지나치는 바람길 속에서
목 놓아 외쳐 부르던 항쟁의 노래를 들었는가
해방조국 통일조국의 한길에
자랑스레 떨쳐 일어섰다가
이슬처럼 스러져간 그리운 얼굴들을
그대는 기억하는가

인적 끊긴 두메에서
육신은 까마귀밥이 되고
그래도 넋만은 오지게 살아
이대도록 그대의 숨결 속에서
치떨리는 고동 소리가 되어
불쑥불쑥 살아나고 있음을 그대는 아는가

바람으로 흐르다 구름으로 피어나고
꽃잎으로 흐르다 풀잎으로 번져 나가는
여기는 아라동 산1번지

그대 내딛는 발길에도
마주보는 눈길에서도 살아 오르는
아, 항쟁의 넋을 그대는 보았는가

피로 얼룩진 우리들의 사월이
끝내 내릴 수 없는 깃발임을
그대는 진실로 아는가

전야前夜

그땐 사람 사는 세상이 아니었지
개 돼지만도 못했어
니뽄도 찬 놈들이
아무개 아무개는 아무 날 아무 시까지
어디로 오라 허면 거절할 수가 없었지
안 가겠다 허면
가막소로 끌고 가 징역살이 시키고
못 가겠다 허면
주재소에 잡아다 쇠좆매로 패고
어떵헐거라 사람공출 피해보젠
집을 비우고 섬을 비웠지, 해방 직전에

집에 남은 사람들은 일본으로 끌려갔지
북해도 미쓰이탄광
더러는 죽었고 더러는 죽을 고생을 했지
콩비지도 못 먹고 일만 했으니까
춥고 배고픈 건 덜 억울해
사람대접 못 받는 게 너무 서러웠지
툭하면 두들겨 패고 심심하면 또 패고

머리에서 발끝까지 성한 데가 없었지
한번 당하면 살점이 떨어지고 피목욕을 했어
같이 울어줄 사람도 없었지
굶어 죽고 얼어 죽고 탄광에 깔려 죽고
해방된 줄도 모르고 일만 하고 있는데
고향 갈 사람은 가라 하더군
그땐 이미 절반 이상이 죽고 없었지

그나저나 살아서 고향에 돌아왔으니
오죽이나 좋아실 거라
이젠 우리 세상 맨들아보자고
신착이 닳도록 돌아다녔지
경헌디 저 악독헌 놈들이 사십칠 년
삼일절을 기념허는 집회에다
총질을 헌 거라, 관덕정 마당에서
여럿 죽었지 아이도 죽고
아이 업은 어멍도 죽고
아, 사람이 죽어신디 가만 이성 되어?
관공서도 파업 단추 공장도 파업

소학교도 휴교 보통학교도 휴교
점방 문도 쇠막도 철커덕 철커덕
미군정은 물러나라!
통일독립 전취하자!
한라산이 벌 떼같이 일어섰지

저놈들도 가만 이실 리가 이서?
주동자 색출허라 주모자 잡아들이라
말 안 들으면 그 자리에서 처형허라
죄 이신 사람은 이신 죄
죄 어신 사람은 어신 죄
이래 터지고 저래 죽고
저래 터지고 이래 죽고
도대체 사람 사는 세상이 아니었지
어디 그뿐이라?
왜정 시대에 공출이 되살아난 거여
보리도 공출허라 면화도 공출허라
목구멍에 풀칠도 못 허는 사람들신디

어떻혈 거라
죽기 아니면 살기로 산으로 갔지
등에 업고 가슴에 안고 산으로 갔지
살아보젠 사람답게 살아보젠
산으로 산으로 올라간 거라

낙선동

낙선동에선
그날의 바람을 되새기지 않는다
그래서 낙선동 사람들은
동네 제삿날 한자리를 하더라도
비룟값 오른 이야기를 주고받고
농협 융자금 걱정이나 하면서 자시를 기다린다
그러다가 가끔씩
등 굽은 목소리로 바깥세상 이야기를 할 뿐
그날의 바람에 대해선 입을 닫는다

사십 년으로 흘러가는 지금
낙선동 성담 위로 비가 흩뿌리면
밤잠을 못 이루고 뒤척이는 사람이
한둘이 아니다
들창을 열고 어둠에 밀려오는 빗줄기를 보며
초점 잃은 얼굴을 하는 사람
잃어버린 얼굴을 찾아
이 오름 저 오름을 혜가르는 사람이
한둘이 아니다

국민학교 운동장에서
마을 건너 동백동산에서
산에서 들에서 길에서
외마디소리 비명 소리
흐느끼는 소리 자지러지는 소리
아이 우는 소리 초가 타는 소리
통곡 소리 미친 웃음소리 하늘 무너지는 소리가
귓가에 쟁쟁인다는 그런 사람이
한둘이 아니다

조천 할망

남의 나라 전쟁에 끌려간 남편은
해방되던 해
사망통지서가 되어 돌아오고
하나뿐인 시동생은
무자년 음력 시월
웃드르 새각시 데려다
간촐하게 혼례 올린 지 보름 되던 날
오발한 총에 맞아 죽고

일본 강 돈 하영 벌엉
편안하게 모시겠다며
닭똥 같은 눈물만 그렁그렁 남기고
죽기 아니면 까무러치기로
밀항선 바닥에 몸 싣고 떠나
시체로도 건너오지 못한 아들놈 위해
귀빠진 날로 대신하는 까마귀 모르는 식겟날
냉수 한 사발 떠올려 파제를 보고
진내 나는 이불 뒤집어쓰고 피울음 삭이면서도
모든 것을 전생 궂은 팔자소관으로 돌렸다

한이라도 풀어줘사 헐 건디
귀양풀이라도 해사 헐 건디

두 일레 열나흘 심방 불러 저승길 열고
죽은 영가 불러다 분부문안 사릴 때면
바다가 눈물이고 눈물이 바다였다

새벽 전에 일어나
남의 밭일 거들어 일당을 벌고
무릇 파먹고는 물질 나간다
하늘이 노랗고 게거품 물면서라도 물질은 간다

풀빛

주정 공장에 갇혀 하루 한 끼 배급으로 살았수다 징징대는 말젯거 때문에 어머닌 한 끼도 못 먹어십주 봄이 오고 날이 따뜻해지난 공일마다 목사가 완 뭐렌뭐렌 설교를 헙디다 줄지어 마당에 앉았는데 듣는 사람은 없고 하나같이 고개를 푹 숙인 채로 있는 거라마씀 설교가 끝나고 사람들이 일어서는데 어머니 입바위가 퍼렇허게 물들고 앉았던 자리엔 풀이 하나도 없는 거라, 풀이

육십 년이 지났수다만 풀만 보면 풀빛만 보면 가슴이 철렁 내려앉아마씀, 이제도

차르륵! 차르륵!

학교 창고 닮은 덴데 조그만 방이 하나 이섰수다
물애긴 안고 세 살 난 건 업고 방에 들어간 전기 취조
를 받아십주
양 손목에 전깃줄 감고 파시식! 파시식!

안 당해본 사람은 모릅니다
전기를 손으로 이래 확 돌리면 차르륵! 저래 확 돌리
면 차르륵!
하도 여러 번 돌리니까 나중엔 안 돌려도 몸이 차르
륵! 차르륵!
그때 숨통 안 끊어지난 살암십주

근데 이젠 바람이 불젠 해도 차르륵! 차르륵!
비가 오젠 해도 차르륵! 차르륵!
침을 맞아도 단지를 붙여도 차르륵! 차르륵!
순경만 봐도 차르륵! 차르륵!
꿈에서도 차르륵! 차르륵!

차르륵! 차르륵!

상군줌수

눈이 오나 ㅂ름이 부나 죽어라고 물질허멍 돈을 모안
밧돌레길 샀주 그 중 얼마는 스태 때 잡혀간 큰아덜 빼
내젠 허멍 풀고 또시 얼마는 전쟁 나난 죽은아덜 군대
가는 거 빼내젠 허멍 풀고 마지막 남은 건 스태 때 결국
죽어분 큰아덜 대신 큰손지 대학 공부 시키저 장개 보내
저 허멍 몬 풀고 이젠 매기독닥 펀찍

살아 있는 섬에게 무릎 꿇어 잔 올리고 싶다

그 할머니

4·3행사 이시메 잊어불지 말앙 참석허영 곧고 싶은
말 속시원히 고르렌 허난, 원통허게 죽은 우리 아바님
말을 골아사 내가 살아짐직허연, 물어물어 촛아와신디
왕보난 남자 어른들만 고득허고 나 닮은 할망은 눈 벨
랑봐도 없고, 골아사 헐 건디 골아사 헐 건디 허멍도 여
자라부난 나사지도 못허고

우리 아바님, 사태 나난 군인경찰덜 들이닥쳔 조사헐
거 있덴 허멍 돌앙강게마는 그걸로 끝! 지서에 강 물으
민 주정 공장 가라, 주정 공장 강 물으민 우린 몰른다, 어
떵허리 요 노릇을 어떵허리, 영 안 돌아올 중 알아시민
조반이라도 동그랗게 허영 안내컬, 입성이라도 곱게 허
영 보내컬, 나중에야 들은 소문인디 우리 아바님 대구형
무소에서 죽었덴 헙니다 전쟁 나난 서울형무소는 문이
열련 몬 풀려났젠 허고 대구형무소에 이신 사름덜은 군
인들이 몬 심어당 와다다와다다 골견 어디 굴형에 데껴
부렀덴 마씀 경허고 죽여시믄 죽은 몸은 돌려줘사 식게
멩질이라도 촐릴 거 아니우꽈?

24

이 말을 곧젠, 조반 출령 나산 이디 와신디 남자 어른
덜만 고득허고 그 사름덜만 마이크 심엉 이거여저거여
말 곧고 나 같은 할망은 어떵허는 건지도 몰르고 가심
은 탕탕 튀고, 아이고 아바님 억울헌 우리 아바님 허멍
도 어떵헐 줄도 몰르고 누게신디 들어보카 허당이라도
할망이라부난 여자라부난

갈치

전쟁 나고 얼마 어신 때라났수다 군인들이 들이닥쳔 효돈 사람 볼목리 사람 다시 불러 모았덴 헙디다 며칠 가두었단 어느 야밤에 맨들락허게 벗긴 채 발모가지에 듬돌 돌아매고 배에 태완 바당더레 나가더라 헙디다 범섬 돌아 나가신디 배만 돌아오더라 헙디다 퍼렁헌 달빛만 돌아오더라 헙디다

그해 가을 범섬 바당 갈치는 어른 기럭지만이 컸덴 헙디다 하도 컨 끔찍허연 먹을 수가 없었덴 헙디다 그 후젠 갈치만 보면 가슴이 탕탕 튀더라 헙디다

물에서 온 편지

죽어서 내가 사는 여긴 번지가 없고
살아서 네가 있는 거긴 지번을 몰라
물결 따라 바람결 따라 몇 자 적어 보낸다

아들아,
올레 밖 삼도전거리 아름드리 폭낭은 잘 있느냐
통시 옆 멀구슬은 지금도 잘 여무느냐
눈물보다 콧물이 많은 말쩻놈은
아직도 연날리기에 날 가는 줄 모르느냐
조반상 받아 몇 술 뜨다 말고
그놈들 손에 끌려 잠깐 갔다 온다는 게
아, 이 세월이구나
산도 강도 여섯 구비 훌쩍 넘었구나

그러나 아들아
나보다 훨씬 굽어버린 네 아들아
젊은 아비 그리는 눈물일랑 그만 접어라
네 가슴 억누르는 천만근 돌덩이
이제 그만 내려놓아라

육신의 칠 할이 물이라 하지 않더냐
나머지 삼 할은 땀이며 눈물이라 여기거라
나 혼자도 아닌데 너무 염려 말거라

네가 거기 있다는 걸 내가 볼 수 없듯
내가 여기 있다는 걸 네가 알 수 없어
그게 슬픔이구나
내 몸 누일 집 한 채 없다는 게 서럽구나 안타깝구나
그러니 아들아
바람 불 때마다 내가 부르는가 여기거라
파도 칠 때마다 내가 우는가 돌아보거라

물결 따라 바람결 따라 몇 자 적어 보내거라
죽어서 내가 사는 여긴 번지가 없어도
살아서 네가 있는 거기 꽃 소식 사람 소식
물결 따라 바람결 따라 너울너울 보내거라, 내 아들아

2부

불

휴화산

그날은 올 것이다
삼백예순 오름 오름마다
불꽃으로 피어오르고
백록에 고인 물이
펄 펄 펄 펄 끓어올라
잠자던 불기둥은 하늘로 치솟을 것이다
어승생 물줄기가 불줄기로 흐르고
탐라계곡 깊은 골에
맑은 물이 넘치고 넘쳐
사면 바다를 갈아엎을 것이다
산남이 외치면
산북이 메아리로 깨어나고
성산 일출봉이 부르면
산방산이 일어서 소리치는
그날은 올 것이다
범도 곰도 못 내나던 이 섬
천지지간 만물지중 아름다운 이 땅에서
땅 잃고 넋 잃은
성님 성님 아우님 아우님

이어차라 이어차라
만남으로 어우러질 것이다
우리가 물이 되어
바다와 바다가 마주 서고
우리가 흙이 되어
산과 산이 마주 서고
우리가 하나 되어
화산처럼 솟아오르는
그날은 오고야 말 것이다

사월의 바람은

4·3의
횃불과 죽창
그리고
미친 가슴을 싣고 간 바람은
어느 외진 땅 사람 없는 곳에서
회한의 얼굴들을 되씹고 있는지

낮게 어둑진 하늘
한꺼번에 닥쳐올 바람은
감히 아물지 못하는
사십 년의 상처를 어디로 싣고 갈는지
피어보지도 못하고 짓밟힌 꽃망울
어디로 싣고 가려는지

억새

억새는
소리 내어 울지 않는다
달빛 어스름
산을 타는 낯익은 발자국 소리
억새는
서걱서걱 뒤따라갈 뿐
소리 내어 울지 않는다

아, 꽃다운 나이
거적때기 한 장 없이
흙이 되어 돌아갈 때
억새는
안으로만 삭이며 바라볼 뿐
결코 소리 내어 울지 않는다

죽음보다 깊은 잠
풀벌레 소리에 눈뜨고
말없이 산을 타는 낯익은 소리
눈빛으로 배웅할 뿐

억새는
소리 내어 울지 않는다

입산入山

산으로 간다
무자 기축년 사월
사랑을 위해 산으로 간
그리운 사람이 그리워
달 없는 밤
올망졸망 어린 놈 입을 막고
산길을 떠난 그리운 사람을 찾아
산으로 간다

동박낭 이파리로 허기를 채우고
죽더라도 피붙이는
지 애비 곁에 있어야
때 거르지 않는다며
허위적 허위적 산으로 떠난 후
반백 년 다 되도록 소식이 없는
그 사람을 찾아 산으로 간다

지금쯤
인적 끊긴 산자락 어드메

두 눈 부라리고 살아
아직도 끝나지 않은 사월에 살아
대나무 끝을 다듬고 있을
그 사람을 찾아 산으로 간다
기어코 이루고야 말 사랑을 찾아
한라산으로 간다

끊어진 대代

아부지–
아부지–
제발 눈 좀 감읍서
원수도 갚고 대代도 이으커메
이제랑 제발 눈 좀 감읍서

시절 잘못 만나
영문도 모른 채 옆구리에 총 맞고
쿨럭쿨럭 선지피 흘리는 아버지 끌어안으며
꺼이꺼이 소울음 울던
아들이, 이튿날
아버지 쓰러진 바로 그 자리에
전선줄로 포박당한 채 꿇려 있다

아부지–
불효자식 용서허십서
대代도 잇지 못허고
원수도 갚지 못허고
아부지 따라 나도 감수다

장가갈 날 받아놓고
고팡에 곱져둔 산디쌀 그대로 두고
아부지 곁으로 나, 감수다
아부지 –
아부지 –

아버지의 그림

문방사보는커녕
종이 하나 제대로 못 갖추고
너브적 등 구부려
삼 년째 대나무만 치는 아버지는
이 밤도 가난하게 바람 잠재운다
줄기를 그리려다
죽창이 되어버린 서러움으로
날아라 날아라 소리 지르고
이파리를 그리려다
비수가 되어버린 아픔으로
꽂혀라 꽂혀라 칼날 손질한다

사월의 하늘을 가르던 기억이
바람이 바람이 되지 않게
눈물이 눈물이 되지 않게
사방의 벽에 겹겹이 심은
아버지의 대나무는
얽히고설키어 스산한 이십 대의 외침을
기둥뿌리에 심어두고 싶었을 터

그렇지 않고서야
삼 년째 대나무만 칠 이유가 없다

잔칫날
-1950년 북촌

키 작은 먹구슬나무에
똥돼지 멱따는 소리 매달리고
조짚불에 터럭 타는 냄새 잦아들 즈음
두건 쓰고 행전 맨 아이들이
지난해 어멍 아방이
썩은 젓갈처럼 문드러졌던 학교 운동장에서
돼지 오줌보에 바람 담은 공을 머리로 받고
고무신으로 걷어차며 우르르 몰려다니고 있었다
씨멸족한 집안의 아이들이야 상복은커녕
남들 다 쓰는 두건 한 번 써보지 못하고
기가 푹 꺾인 채 운동장 구석에 쪼그리고 앉아
누런 콧물만 훌쩍이고 있었지만

오늘은 잔칫날
곱디고운 이밥에 비갈비갈 돗궤기 양껏 먹는 날
어디 우리만 잔칫날인가, 바로 그날
싸락눈 귀싸대기 후려치던 날
밭담이며 고샅길에 널브러진
채 식지 않은 것들의 눈깔이며 살점

원 없이 뜯어먹은 바람까마귀들이
초가지붕 퇴주 그릇 저승밥을
이집 저집 찾아다니며 마음껏 먹는 날
섣달 열여드렛 날

국밥할머니

스무 살 나던 해
중산간에서 성안으로 흘러들어와
손발 부르트고 가랑이 찢어지도록
보따리장사 다니다가
지금은 동문시장 구석진 곳에 터를 잡은
국밥할머니는
신제주 노가다판에서
헛발 딛고 떨어져 피 말라 죽어가는
혈혈단신 전라도 김씨를 위해
여태껏 모아온 적금돈 탈탈 털어 병원비 보태고
일숫돈 빌려 보약 한 첩 사다 먹였지

첫닭이 울기 전에 시장에 나와
새벽일 나가는 타관객지 뜨내기들에게
허벅지 남은 살점 도려내어
모락모락 따수운 국밥 말아 공사판에 보내고
도마 위에 놓인 도새기 아강발을 내려친다

사태 나던 해 겨울

44

정 붙이기도 전에 산으로 올라
소식조차 끊겨버린 무정한 남편의 그리움을 내려친
다

첫돌 넘기기도 전에
악독한 놈들이 저지른 불더미에
숯검정이 되어버린 딸년의 울음소리를 내려친다
혈육 한 점 없이
왜 사는지도 모르게 살아온 모진 세월을
도마 위에 올려놓고 힘차게 내려친다

사진 녁 장

"원인에는 흥미가 없다. 나의 임무는 오직 진압뿐이다."
-Rothwell. H. Brown

사진1.

무자년 4·3시절
입산하려다 붙잡힌 국방경비대 소속 탈영병 세 명
옴짝달싹 못하게 오랏줄에 묶여 있다
헬멧 아래 눈빛이 겁에 질려 있다
무성한 잡풀도 겁에 질려 흔들린다

사진2.

망연자실 서 있는 탈영병의 입에
담배를 물리고 불을 갖다 댄다
내뿜는 담배 연기 순식간에 허공으로 사라진다
탈영병의 눈빛이 젖어 있다
그 바로 옆
권총 옆구리에 찬 미군 두 명
서로 담뱃불 붙여주고 있다
태연하다

사진3.

탈영병의 헬멧을 벗긴다
까까머리의 앳된 소년병
하얀 천으로 탈영병의 눈을 가리고 있다
어느새 왼쪽 가슴에는
과녁 그려진 헝겊이 펄럭인다
담배도 담배 연기도 보이지 않는다

사진4.

세 발의 총성이 귓전을 때린다
소나무에 묶인 탈영병
한 사람은 외로 비틀어지고
한 사람은 고꾸라지고
한 사람은 고개를 젖힌 채 더운 피 가슴에 스미고 있다
미군 두 명
감쪽같이 사라졌다

백조일손百祖一孫

무자 기축년 사태가 나난
사상이 무거운 사름덜은
일가방상까지 몬딱 죽여불고
죄가 가벼운 사름덜
몰명헌 사름덜은 풀어주었주
경허단 그다음 해 육이오전쟁이 나난
예비검속헌다 허멍
산허고 단 한 번이라도 내통헌 사름
내통했다 귀순헌 사름
전향허믄 살려준다 허난
그 말 믿엉 자수헌 사름
4·3시절에 집 나간
연락 끊긴 사름네 처가속덜
다시 싸그리 잡아들연
그때 고구마 창고에 가두어났단
첨, 그날은 잊어불 수가 없주

음력 칠월칠석날 새벽이라
경찰이 완 호명을 허는디

대강 백이삼십 명은 되어실 거라
그 사름덜을 트럭 짐칸에 태완
저 송악산더레 가는디
상모리 신사동산 넘어사난
그제야
아, 저놈들이 우릴 죽이젠 햄구나
이 일을 어떵허코
이대로 죽으민 개죽음인디
영 억울허게 죽느니
우리 가는 딜 동네에 알리자 허멍
신은 신발을 트럭 밖으로 한 착씩 벗어던졍
쭉허게 늘어지게 허였주

경허연 저 송악산 섯알오름
몇 해 전에 미국놈덜 군사기지 허젠 허단
동네사름덜 왓샤왓샤 일어사부난
취소시켜분 지경인디
일본놈덜 탄약고로 써난 자리라
해방 후엔 미국놈덜이 폭파해부난

옴막허게 옴팡진 구덩이가 이서났주
잡아온 사름덜을 그디 몬딱 쓸어담안
그자 정신없이 와다다 와다다 갈겨부난
아이고 아이고 세상에
그놈의 총소린 오죽 커실 거라
송악산 쪽으로 총소리가 났져 허난
동네사름덜 이건 무신 일인고 허연
허위적 허위적 가단 보난
신발착이 섯알오름까지 쭉 늘어져 이신 거라
섯알오름 구덩이엔 총 맞앙 쓰러진 주검들이
벌겅헌 피 닥닥닥 흘리멍
이래착 저래착 갈라젼 몬딱 죽언 있고

일가방상덜은 시신이라도 찾아가젠 허는디
그 악독헌 놈덜 총 들렁 보초 사멍
가까이 오면 빨갱이다
돌아가지 안 허민 갈겨분다, 허난
어떵 해볼 도리가 이서?
자락 겁이 난

50

아이고 잘못했수다
한 번만 살려줍서
애간장 바삭바삭 타멍도
그 시신을 찾아올 수가 어섰주

음력 칠월이난 날은 오죽 더워실 거라?
백이 넘은 시신이 멜젖 썩듯 문작허게 썩언
구덩이는 뻘밭이 되어불고
구데기영 버렝이가 오름 하나 가득했주
시체 썩는 냄새로
동네에 사름이 못 다닐 정도였으니
오죽해시믄 개들이 미쳥
동네방네 헤갈라 댕기멍
보이는 대로 물어뜯고 홈파먹고……
어린 아이고 어른이고 헐 거 어시
바깥출입도 제대로 못허멍 몇 년을 살았주

그 후에 시신을 가져가도 좋다 허연
그디 강 보난

아이고 말도 마라
살가죽은 아예 흔적도 없고
그자 앙상한 꽝에 구데기에 버랭이에 쉬파리만 왕상
어느 꽝이 누게 꽝산디 알 수가 이서?
유가족덜끼리 의논을 허연
칠성판에 창호지 깔고
잃어분 고무신 짝 채우듯
머리통 하나에 꽝 두어 개씩 갈란
저 사계리 공동묘지 옆에
물애기 산 쓰듯 일렬로 묻고는
죽은 조상은 백이 넘는디
자손덜은 하나가 되라 허는 뜻을 담안
'백조일손지지'라고 쓴 비석을 세왔주

경헌디 세상에 이런 일이 이시카
오일육이 나난 군인덜이 왕
그 비석을 박살내었다 허여
빨갱이 죽은 디 뭔 놈의 비석이냐 허멍
하도 기가 막혀 눈물도 안 나오데

그 후로 비석이랑 마랑 벌초도 제대로 못허였주
얼굴 들렁 볼 면목이 어서
어디 그뿐인 줄 알암서?
그디 조상을 묻은 사름덜은
무덤에 강술도 한 잔 못 올려서
빨갱이로 몰령 손가락질 당허카부덴 겁난

이제 왕 생각해보믄
나라가 둘로 갈라져부난 영허는 거라
서른여섯 해 동안 왜놈들신디 경 당해신디
아, 양놈들이 뭔디 이 땅에 들어왕
설치냐 말이여 설치긴
그런 놈들 싸악 앗아불고
뒈싸지건 갈라지건 하나가 되어사 허는 거 아니라?

ᄀ래 ᄀ는 소리
-생화장

이어 이어 이어도 ᄀ래
살리어줍서 살리어줍서
삭삭 비는 할마앙
모감지 심엉 마당질 해낭
도새기 터럭 그시리듯
보리낭 덮엉 불 지더부난
아이고 아이고 악독헌 놈더얼

게거품 물멍 와들랑 와들랑
살려도라 살려도라 허는 할망신디
아이고 아이고 그 악독헌 놈더얼
입바우에 총 들이대연
외자기믄 죽여부켜 허나안
들락키믄 쏘아부켜 허나안
갈중이에 적삼에 불이 올라도
아이고 아이고 어떵 허여보지도 못 허고오
동무릎으로 강알로 불이 올라안
아이고 아이고 열두 고망에
와다닥 와다닥 와다닥 와다닥

아이고 아이고 열두 신뼈에
와다닥 와다닥 와다닥 와다닥

ᄀ랑은 무시것헙니까마느은
이년이 이년이 죽일 년이우다
살려도라 살려도라
숨넘어가는 할망 소리 들으멍도
비명 소리 통곡 소리 들으멍도
돗통시에 곱안 이섰수다아
하도 겁난 하도 겁이 나안
울어지지도 아니헙디아아
아이고 아이고 아이고 ᄀ래

그놈덜 그 악독헌 놈덜
깔깔깔깔 웃는 걸 두 눈으로 보멍도오
두 눈 번찍 떵 보멍도오
입 막앙 이섰수다아
고만히 이섰수다아
이 나야덜노미 새끼덜 허멍 나사고파도

할망ㄱ치 죽어나지카부덴
와들와들 떨멍 보기만 허였수다아
돗통시에 곱안 보기만 허였수다아
이년이 이년이 죽일 년이우다아
맞수다 이년이 죽일 년이우다아
이어 이어 이어도 ㄱ래

3부

흙

꽃 진 자리

동박새 울음도 들리지 않고
진초록 이파리 눈부실 무렵
아무런 미련 없이
툭
툭
당당하게 지는 꽃

그래도 살아
아,
선연하게 살아
쾡한 눈 부라리고
가만히 아우성치는
바람도 비껴 선 자리
동백꽃
진
자리

복수초의 노래

이보게
여기 와서 숨죽여 보게
불러세울 이름조차 없는 들풀로 태어나
거치른 바람으로
이리저리 흔들리다가
한없이 한도 없이 흔들리다가
흔들려 다시 피는 꽃다지처럼
쓰러짐 딛고 고개잡이 틀어 세우듯
맨살 부비는 따스함으로
끝내 살아나는

이보게
여기 와서 들여다보게
따사롭지 않은가
이들과 함께라면
사랑 같은 거 꿈꾸지 않아도
신나락이 절로 나는 걸
희망 같은 거 노래하지 않아도
만나락이 절로 나는 걸

그냥 그대로 사랑인 걸
그냥 그대로 희망인 걸

두고 보게
이들이야말로
케케묵은 살얼음 깨뜨리고
이 산 저 언덕 적막강산에
아직은 소리 없는 함성일지나
샛노란 꽃망울 일렁거리면
한꺼번에 되살아나리니
사월은 또다시 피어나리니

송산동 먼나무

제주말로 먼낭이라 부르는 먼나무를 아시는지요
봄이면 연자줏빛 꽃이 피고
가을이면 붉은 열매 열리는 먼나무를 아시는지요
나무의 고향집이
한라산 자락 물 좋은 어드메였다는 걸 아시는지요
4·3시절 산사람을 섬멸한 기념으로
여기 옮겨 심었다는 걸 아시는지요
제주도 기념물 제15호라는 걸 아시는지요
나무가 서 있는 자리
그대가 서 있는 바로 그 자리가
4·3시절 2연대 주둔지였다는 걸 아시는지요
반백 년이 넘도록
시퍼렇게 살아 있는 먼낭의 속뜻을 아시는지요

아시는지요

서우봉 쑥밭

함덕 서우봉
늦은 유채꽃에 취해
해안 능선 따라 걷다가 길섶
누군가 한 번 캐고 지나간 쑥밭
나도 쭈그리고 앉는다
한 줌 뜯어다 쑥국이나 끓여야겠다고
무심히 쑥 모가지 비트는데
발밑에 통곡 소리 낭자하다

낯선 이들이 들이닥치자 아비는
처자와 어린 것을 돗통시에 숨겼고
아비 숨통을 끊은 대창들은 불콰한 낯빛으로
서우봉을 넘었다

통곡할 새도 없이
다른 대창들 들이닥쳤고 어미는
어린 것을 치마 속에 숨겼다
나도 죽이라, 말이 채 끝나기도 전에
치마폭으로 대창이 들어왔고

가랑이 사이에선 쿨럭쿨럭 어린 피가 흘렀다
오랏줄에 묶여 맨발인 어미는 미친년처럼
후여후여 서우봉을 넘었다

노란 봄에 취해
한때 쑥밭이었던 서우봉을 내려오는데
뒤따르는 통곡 소리 통곡 소리
쑥 쥔 손이 너무 불편하다

이장移葬

무자 기축년 시월
어욱밭 모퉁이에 쓰러져
돌덩이에 짓이겨진 송 씨의 주검이
막힌 곳으로 돌아누워
대대손손 망조가 끼었다는
산터 보는 이의 말에
가까운 일가방상끼리만 모여
산을 옮긴다
말할 수 없는 아픔과
회오리치던 바람을
마른 땅 언저리에 묻어두고
숨죽여 살아온 사십 년 세월
서슬 퍼런 호밋날에 채여
뿌리째 뽑혀지는 건
모질디 모진 소왕이뿌리만이 아니다
이래저래 짓밟힌 붉은 흙덩이는
삽자루에 퍼올려져 살점처럼 흩어지고
갈중이 적삼이 저승옷 되어
거적때기 이불 한 장 덮어보지 못한 채

난 날 난 시
간 날 간 시도 모르게
이승 저승을 헤매는 넋신이
어디 저 송 씨뿐이랴
한 폭의 만장도 없이
비새같이 울어주는 곡소리도 없이
바람길 구름길을 떠다니는 넋신이
어디 저 송 씨뿐이랴

벌초

우선은 산담 위에 엉킨
송악 뿌리부터 뽑아내야지요
경계를 장악하는 겁니다
다음엔 산담 안으로 들어가
에둘러진 잡초들 낫질로 베어내는 겁니다
포위망을 구축하는 거지요
잡초가 대충 쓰러질 무렵이면
날카로운 굉음의 예초기가 투입되는데요
소왕이 천상쿨 엉겅퀴 할 것 없이
뭉텅뭉텅 밑동째 잘려나가지요

그러니 어쩌겠어요?
사마귀 도마뱀 땅거미 땅강아지들도
댕강댕강 두 토막 세 토막으로 잘려나갈 밖에요
더러는 줄행랑도 쳐보지만 어림없지요
밟혀 죽고 불타 죽고 노리갯감으로 죽어가곤 하지요
이런 걸 초토화라 하던가요?
예초기 기계음이 수그러들 무렵이면
장정 서넛이 안으로 들어가

피 흘리며 쓰러진 풀들을 한 아름씩 들고 나와
산담 밖 옴팡진 굴헝에
이래착 저래착 처박아버리지요

아니죠, 끝난 게 아니죠
마지막으로 낫을 든 사람이 다시 들어가
그나마 살아남은 여린 것들을 찾아내 씨멸족을 시키
지요
일본말로 시야개, 우리말로 싹쓸이, 뭐 그런 뜻이지요
티끌 하나 남김없이 해치우는 거지요

신촌 가는 옛길

원당사와 불탑사가 고즈넉이 마주 앉은 길
기증편 떡구덕 등에 지고
어멍 손심엉 식게 먹으러 가던 길
열무 이파리 아삭아삭 씹히는 길
밭담 위 늙은 호박끼리
펑퍼짐하게 두런두런 옛말 나누는 길
물마루 건너온 등 굽은 바람이
이마를 쓰다듬고 가는 길
수런수런 수련 사는 남생이못
가끔 그렇게 흔들려도 좋은 길
길섶 억새들 배웅받으며
한 번쯤은 어린 덕구가 밥차롱 허리춤에 차고
돌아보고 돌아보며 걸었음직한 길

꿩 사냥

1

무자년 겨울 신효리 김 아무개가 있었는데, 머리 좋고 힘도 세서 호락호락 당할 인물이 아니었다 어느 날 지서 순경이 와서 형님 꿩 사냥이나 갑주, 허길래 좋다, 해서 따라갔는데 결국 그 순경이 쏜 총에 죽었다 자신이 꿩이었다는 걸 그는 왜 몰랐을까?

2

그렇게 아버지 죽고 두어 달 뒤 쓰리쿼터 탄 순경이 집에 완 어머닐 찾습디다 어머닌 흰 무명 치마저고리로 갈아입고는 나, 돈 벌레 일본 감시메 널랑 큰아방네 집에 의탁허라, 는 말만 남기고 떠나신디 그게 마지막입주 나중에 들었는데 어머닌 산사람 등쌀에 보리쌀 두 말 준 게 죄 되연 총살당했다 헙디다

죽은 병아리를 위하여

검은 개들이 들이닥쳐 냄새 킁킁 맡더니
구장 댁 마당 구석에서 한가로이 놀고 있는
실한 어미 닭에 눈이 갔다

저걸 잡으라

구장 어른, 어쩔 수 없어 어린 딸에게
고갯짓을 했고
검은 개 꾸역꾸역 닭 한 마리 먹어 치우더니
거칠고 길게 개트림을 했다

어미 잃은 병아리 열다섯
왼종일 어미 찾아 삐약삐약 헤매더니
채 사흘이 가기 전
알에서 깬 지 열흘도 되기 전
싸그리 죽었다

무자년 겨울이었다

몰라 구장

아이구 말도 마라, 우리 동넨 몰라 구장 덕분에 살았
주 경 안 해시믄 하영 죽어실 거라, 4·3시절에

군인 경찰이 들이닥천 우리 구장신디 누게 누게 어디
갔느냐 물으니까

…… 몰라 ……… 모르커라 …………… 모른덴허난
………………… 정말 모르쿠다게 …………………
모르는 걸 어떵헙니까 ………………… 정말 모르
쿠다게 ………………… 모른덴허난 …………… 모르커
라 ……… 몰라 ……

모르긴 무사 몰라? 다 알멍도 경 고른 거주, 죄 어신
사름덜 살려보젠
그로부터 동네 사름덜이 몰라 구장 몰라 구장, 경 불
렀주, 별칭으로
참 고마운 어른이라났주, 몰라 구장
알아 구장이라시믄 우리 동넨 끝장날 뻔

학생이공종성추모비 學生李公鍾成追慕碑

무자년 사월 제주중학교 학생 이종성 이유 없이 인천 소년형무소에 수감

형무소에 전염병 돌고 아버지는 밭 팔아 면회 가서 약을 건네고

전쟁 나고 형무소 열리고 걸어 걸어 남쪽으로 오다가 인민군 만나 북으로 가게 되고

아우는 형님을 행불인으로 신고하고 고향 들녘에 봉분 없이 비석 세우고 사십 년 넘게 메 한 그릇 술 한 잔 올려왔는데

육십 하고도 육 년 지나 2014년 2월 금강산호텔 이산가족 상봉장에서 아우는 열 살 터울 형님 리종성을 만나고

거친오름 가는 길

거기 형님이 계시다 한다
큰형님 둘째 형님이 계시다 한다

재판도 없이 끌려와 관덕정 1구서 감방
삼 형제 나란히 수감되고 나란히 압송되었다 한다
이리호 타고 목포까지는 같이 갔다 한다
나이 어린 당신은 트럭 짐칸에 실려 인천으로 가고
두 형님과는 그렇게 헤어졌다 한다
어디로 가느냐 물을 새도 없었다 한다

1년을 선고받고 믿기지 않았다 한다
누구는 10년이고 누구는 15년인데
하도 고마워 눈물도 나지 않았다 한다

형량 마치고 고향 돌아온 후
꾹꾹 눌러 쓴 형님의 엽서 한 장 보았다 한다
목포에서 김천으로 이송되었다는
내복하고 양말 좀 보내달라는

그게 마지막이었다 한다
지금도 소식조차 모른다 한다
행불인 명단에 이름 석 자 올리는 일 말곤
할 수 있는 게 아무것도 없었다 한다

봉아름 지나 명도암 지나 거친오름 가는 길
거기 형님이 안 계시다 한다
큰형님도 둘째 형님도 안 계시다 한다
행불인 묘역에 표석 두 개
나란히 쓸쓸히 앉아 있을 뿐

안 계시다 한다
아무도 안 계시다 한다

정뜨르 비행장

하루에도 수백의 시조새들이
날카로운 발톱으로 바닥을 할퀴며 차오르고
찢어지는 굉음으로 바닥 짓누르며 내려앉는다
차오르고 내려앉을 때마다
뼈 무너지는 소리 들린다
빠-직 빠-직 빠지지지직
빠-직 빠-직 빠지지지직

시커먼 아스팔트 활주로 밑바닥
반백 년 전
까닭도 모르게 생매장되면서 한 번 죽고
땅이 파헤쳐지면서 이래저래 헤갈라져 두 번 죽고
활주로가 뒤덮이면서 세 번 죽고
그 위를 공룡의 시조새가
발톱으로 할퀴고 지날 때마다 다시 죽고
육중한 몸뚱어리로 짓이길 때마다 다시 죽고
그때마다 산산이 부서지는 뼈소리 들린다
빠-직 빠-직 빠지지지직
빠-직 빠-직 빠지지지직

정뜨르 비행장이 국제공항으로 변하고
하루에도 수만의 인파가 시조새를 타고 내리는 지금
'저 시커먼 활주로 밑에 수백의 억울한 주검이 있다!'
'저 주검을 이제는 살려내야 한다!'라고
외치는 사람 그 어디에도 없는데
샛노랗게 질려 파르르 떨고 있는 유채꽃 사월
활주로 밑 어둠에 갇혀
몸 뒤척일 때마다 뼈들의 아우성이 들린다
빠직 빠직 빠지지지직
빠직 빠직 빠지지지직

이따금 나를 태운 시조새
하늘과 땅으로 오르내릴 때
내가 할 수 있는 일이란 고작
잠시 두 발 들어 올리는 것
눈감고 창밖을 외면하는 것

판결

피고 4·3은
그 실체적 진실이 12임에도 불구하고
아니다, 봉기다!
그렇다, 항쟁이다! 는 둥
말뜻과 셈법을 심히 교란시켰을 뿐 아니라
육십갑자하고도 하세월 전에
이미 그 수명이 다했음에도 불구하고
아니다, 끝나지 않았다!
그렇다, 시퍼렇게 살아 있다! 는 둥
유언비어를 남발하여
어지러운 민심을 더욱 어지럽혔다

뿐만 아니라
코피가 나든 피똥을 싸든
붉은 피가 단 한 방울이라도 나온 자, 혹은
총 맞아 죽든 불에 타 죽든
좌우간 죽은 자는 무조건
순도 백 퍼센트 빨갱이가 되는
이 땅의 엄연한 진리를 망각하고 감히 어느 안전이

라고
　아니우다, 물질밖에 모르는 좀녀우다!
　맞수다, 쇠 모는 테우리우다! 는 둥
　몰상식한 위증으로 신성한 법정을
　모독한 죄가 심히 지엄한 바

　피고 4·3에게
　육십갑자 곱하기 육십갑자
　더하기 가중처벌을 합하여
　에, 육십 곱하기 육십은 삼천육백
　더하기 삼십육 하면
　어디 보자, 그렇지!
　삼천육백삼십육 년 형에 처한다

　탕!
　탕!
　탕!

4부

넋

경계의 사람

-김석범

나는
남쪽 사람도 북쪽 사람도 아니요
그러니까 나는 무국적자요
나는
분단 이전의 조선 사람이오

제주4·3도 마찬가지요
반 토막 4·3은 4·3이 아니란 말이오
온전한 4·3은
통일된 조국에서의 4·3이오
그러니 제주4·3은 통일인 거요

4·3을 한다는 거?
저기, 저, 저 백비, 저걸 일으켜 세우는 거요

몰명沒名
-애기무덤

너븐숭이에 가면, 있다
이름 없는 이름의 이름들이 있다

김상순자 여 3세 1949년 1월 17일 북촌교 인근 밭
에서 토벌대에게 총살당함
김석호자 여 7세 1949년 1월 17일 북촌교 인근 밭
에서 토벌대에게 총살당함
김석호자 여 9세 1949년 1월 17일 북촌교 인근 밭
에서 토벌대에게 총살당함
김완기자 여 6세 1949년 1월 17일 북촌교 인근 밭
에서 토벌대에게 총살당함
김완림자 남 4세 1949년 1월 17일 북촌교 인근 밭
에서 토벌대에게 총살당함
김완림자 남 6세 1949년 1월 17일 북촌교 인근 밭
에서 토벌대에게 총살당함

.

.

.

한석찬자 남 2세 1949년 1월 17일 북촌교 인근 밭

에서 토벌대에게 총살당함

  이름 없어도 영원히 기억해야 할 이름이
  있다, 북촌 너븐숭이에 가면

한 아름 들꽃으로 살아

이제랑 여기에 오십서
맘 놓고 이 자리에 오십서
죽지 못해 살아남은 자는
살아남은 자들끼리 옷깃 여미고
차마 살 수 없어
흙바람에 쓰러져 후여후여
길 떠난 님은 바람으로나마
잠시 머물다 가십서

눈물마저 죄가 되던 세월입니다
말 한마디가 피를 부르고
그 피가 다시 피를 부르던 험악한 세월입니다.
간 날 간 시도 모르게
사랑하는 처가속을 등지고는
어쩔 수 없이 난 날 난 시에
향을 사르던 미치도록 서러운
마흔여섯 해 세월입니다

하다 노여워 마시고

이제랑 여기에 오십서
다하지 못한 눈물
비새같이 울어도 보고
꿈에서나 만나던 피붙이 처가속들
옷고름 풀어헤쳐 안아도 보고
한 올래 이웃사촌
형님 아우님 손도 마주 잡아보고
봄이면 앞바당에 들어
뭉게 잡아 구워 먹던 구수한 얘기
가을이면 뒷오름에 올라
쇠 테우리며 희망에 배부르던 얘기

비바람으로 와도 좋습니다
먹장구름으로 와도 좋습니다
여기 이 자리에 오셔서
차마 잊지 못한 마흔여섯 해
어찌 살아왔느냐 물어도 보고
이리 살고 있다 대답도 하면서
살아남은 자는 살아남은 자들끼리

이승도 못 오고 저승도 못 가는
흐르는 넋들은 그런 넋들끼리
모두 모두 여기에 오십서
한숨일랑 저 산에 던져두고
눈물일랑 저 바다에 뿌려두고
한 아름 들꽃으로 살아 여기에 오십서

터진목*의 눈물

왕강징강 왕강징강
연물소리에 하늘 열리고
차사영겟기 따라 몰살당한 영혼들
퀭한 얼굴로 흐느적흐느적 내려온다

이거라도 자셩갑서
이거라도 자셩갑서

원미 한 그릇
애산 가슴에 담아 바당길로 보내는데
일출봉 터진목으로 비가 내린다

아이고 우리 아바님
아이고 우리 어머님

원미 한 그릇 자셔시난
하도 고마완 울엄구나게
하도 칭원허연 울엄구나게

고마웁다 내 새끼야
고마웁다 내 새끼야

* 성산 일출봉 입구에 위치한 지명. 4·3 당시 집단 학살이 있
었다.

귀양풀이*

설장고 받아 앉아 시왕전에 귀양을 내는데
동기닥동기닥동기닥동기닥
나이는 마흔하나
성은 김해 김, 이름은 경 자字 률 자字
동기닥동기닥동기닥동기닥
부모가 죽으민 땅에 묻고
자식이 죽으민 가슴에 묻는 법입네다
동기닥동기닥동기닥동기닥

4·3 영화 맨들멍 죽도록 고생만 했수다
장개를 못 간, 식게멩질헐 후손도 없수다
동기닥동기닥동기닥동기닥
시왕님아 이 영혼 받아줍서
서럽고 불쌍헌 원혼 받아줍서
동기닥동기닥동기닥동기닥
채소도 올렸수다 독새기도 올렸수다, 하고는
제상을 보니 채소도 없고 계란도 없어
심방 어른 좋은 입담으로 은근슬쩍 넘어가는데
채소도 삻암수다 독새기도 삻암수다

동기닥동기닥동기닥동기닥

어쩌다 빈상貧床 받은 시왕님들
외려 낯빛이 환해지신다
설장고 소리도 잰걸음이다
동기닥동기닥동기닥동기닥

* 사람이 죽었을 때 저승으로 잘 가도록 비는 제주도 굿.

이승 저승

두린 아기덜아
오망삭삭헌 내 새끼덜아
굳건 들어나 보라
무자년 섣달이라났주
조반상 받아아장 숟가락 들르멍 말멍
몰아진 밭담 메우젠 집 나사신디
아이고 돌아오도 못헐 질 나사져서라
무신 죄로 죽어졉신디도 몰르고
무사 죽염쑤겐 들어보도 못허고
하도 칭원허고 서러완
아이고 울어지지도 안 허여라
몸착은 어드레사 가신디 문드려불고
그자 비 오민 구름질에
ㅂ름 불민 ㅂ름질에 의지가지허멍 살암시녜
죽엉도 눈 곰지 못허영 영 살암시녜

아이고 아바님아
하늘 Ɂ튼 아바님아
어두왁 볼각 반백 년

게난 어떵 살아집데가
원통헌 세월 어떵 존뎌집데가
이 술도 아바님 적시우다
이 멥밥도 아바님 적시우다
우리 아바님 영 죽어질 줄 알아시믄
집 나살 때 더운밥이라도 출령 안내컬
살피멍 댕깁서 인사라도 허컬
간 날 간 시도 몰르게 오꼿 죽언
눕덜고치 벌초헐 산자리라도 이섬시민
아바님인가 허영 ᄆᆞ음직산이나 허주마는
이 삶이 어디 삶이우꽈
목숨 붙엉 이시난 살암신가 허주
이건 양, 삶이 아니우다
사는 게 사는 게 아니라마씀

사혼

결혼식 한 달 앞두고 샛아버진 샛어머니 되실 분이
영 같이 잡혀갔수다 샛아버진 대구형무소에서 폐렴으
로 돌아가셔십주 위독하다는 전갈을 받고 할아버진 안
부 편지도 보내고 치료비도 보냈는데 결국 반송되고 대
신 사망통지서가 왔덴 헙디다 결국 할아버진 아들의 시
신 수습을 포기할 수밖에 어서십주

샛어머니 되실 분은 경찰에 잡혀간 후 연락이 끊겼는
데 나중에 기록을 확인해보니 전주형무소에서 복역하
다 행방불명되었젠 헙디다

저승에서라도 연을 이어가라고 두 집안이 의논하여
식을 올려십주

정심방

예수나 믿었으면 천당에나 갈 걸
부처나 믿었으면 극락에나 갈 걸
사범대학 다니다가 돈에 밀려 그만두고
고향 찾아 내려와 제재소에 일 다니다
통나무 자르는 전기톱에 손가락 두 개 잘리운 날
푸르딩딩한 손가락 하얀 무명천으로 둘둘 말아
저만 아는 양지녘에 묻어 시왕전 보내고
대폿잔 가득 쓴 소주 부어 아픔을 마셨다
허전한 손가락 이 악물고 서러움 눌렀다

아들 네 형제 뒤치다꺼리로
먹지도 입지도 못한 어머니
눈물고생 한숨고생 마음고생 다 넘기고
자식 호강받으며 살 만한 나이에
팔자 궂은 전생 무슨 기막힌 악연인지
시름시름 앓다가 끝내 사별하고
일가방상끼리 모여 영장 묻고 봉분 다지면서
쓰러지지 않기로 했다
모질게 살아가기로 했다

팔월 땡볕 신촌국민학교 빈 교실에서
마당굿 연습으로 비지땀 흘리던 날
돌아가신 어머니 대신 안살림 맡아
폐병 걸린 아버지 시중을 들던 셋째 아우가
물에 빠져 익사했다는 험악한 전갈을 받고
허겁지겁 합승택시에 몸을 실어
서부산업도로 밤길을 달리면서
절대 당황하지 않기로 했다
차라리 담담해버리기로 했다

그다음 해 오랫동안 앓아온 지병에
헤아릴 수 없는 화병까지 도져
이런저런 말 한마디 남기지 않은 채
앞서 가신 어머니 곁으로
아버지마저 먼 길 나선 날
모든 것을 받아들이기로 했다
눈물겹도록 오지게 살 일만 남았다고 했다
누구보다 먼저 비틀거리더라도

누구보다 먼저 일어서기로 했다

이제는 철저하게 아주 철저하게
팔자 그르친 신의 형방이 되어
이승에 없는 부모형제 가슴으로 부르듯
이승에 남아 아픔으로 살아가는 이웃들과 더불어
눈물의 바다 분노의 바다 일구어내는
시대의 광대가 되어 넓고 크게 살기로 했다

해마다 사월이 오면
무자 기축년 4·3시절
저승도 못 가고 이승도 못 오는
일만팔천 영신을 부르는 마당판 심방이 되어
흩어진 봉두난발 송락에 감추고
갈적삼 도포에 오색 요령 감상기 들고
신칼 잡아 바람길 구름길 넋신을 부른다

에----------
무자 기축년 청명 사월 4·3시절

젖동냥 갔단 아이도 죽고 어멍도 죽언
씨멸족해분 적막한 영혼영신님네-----

에---------
글자엔 헌 건 봐본 적도 없고 들어본 적도 없주마는
나라를 구허는디 반상이 따로 있고
남녀가 따로 있겠느냐 허멍 분연히 일어섰당
설운 처가속 일가친족에 기별 한 장 전허지 못허영
죽어가신 영혼영신님네-----

에---------
어느 이름 모를 형무소에서
이슬같이 죽어가신 영혼영신님네-----

에---------
혼 든 의장 땀 든 의장 처서영겟기 둘러 받아
초혼 이혼 삼혼을 씌우고저 헙니다
초혼본-------
이혼본-------

삼혼본-------

이제는 함께해야지요

무자년 겨울이었지요
아무 죄 없는 아버지의 아버지를 앗아간
칼바람에 질려 수평선으로 날아간 바람까마귀처럼
아버지는 아버지의 큰아들, 형님의 손을 잡고
한라산도 모르게 밤바다로 나섰지요
해산 날 기다리는 어머니에게
살아 있으면 살아만 있으면 만날 거라며
어미 배 속에서 세상물정 모르고
발길질만 해대는 둘째 부탁한다며
밀항선에 몸 실어 현해탄 건넜지요

그해 겨울
햇살 바른 동짓달 그믐날
아버지도 없이 이웃집 삼신할머니 손 빌려
아버지의 둘째 아들, 형님의 동생은 세상에 나왔고
미역국 한 그릇 먹어보지 못한 어머니는
지아비 행방을 대라는 토벌대의 손아귀에
머리채 붙잡혀 어디론가 끌려간 후
지금껏 감감 무소식입니다

무슨 연유에선지 형님도 아버지도
소식 한 장 없습니다

형님,
다시 무자년입니다
4·3에 태어나 내 나이 육십
죽지 못해 살아온 세월입니다
간 날 간 시 모르는 어머니 위해
난 날 난 시에 외로이 향을 사릅니다
형님의 아버지,
얼굴도 모르는 내 아버지는
어디 계신지요
형님은 지금 어느 하늘 아래 계신지요

돌아오는 어머니 기일날
형님, 한라산으로 한번 오셔야지요
그래요. 기일이 아니면 어떻습니까
봄이면 유채꽃이 겨울이면 동백꽃이
형님을 맞이하겠지요

어머니 같은 한라산이 형님을 안겠지요
그러니 꼭 한번 오셔야지요
안 그래요, 형님!

휘여
-문석범

(영갯기 들어 땅으로 하늘로 세운다)

휘여------어어형 에이에---오오오----휘
휘여------어어형 에이에---오오오----휘
휘여------어어형 에이에---오오오----휘

아흐에에-엥 어허허어 헝아
이 솔기는 보난너 원쳐이 무겁공어 서꺼운너 솔기로
구낭아
　무자년 4·3 난리통엥어 억울허게 죽엉어 원조비새되
영근어 구천 떠도는 영혼영신님어
　후이허도로 살려살려 살려오는 솔기로구낭아

　저 먼어으어으어어언디에 날개에으어 떠나저
에에에------------에
　후이허도으어으어 울당 가옵소서
에에에에에 아아아아아어어어

　성설으어어어어으어 홍노도어으어 봄버들은

104

에에에------------에
후이허도으어으어 놀당 가옵소서
에에에에에 아아아으아아으아 오오오

산 넘어어어으멍 물 넘엉어 하올하올
에에에------------에
오름 너머로으엉어 다 풀령가옵소서
에에에에에 아아아으아아으아 오오오

아아아아아으 아어아으어어허허어 어어어
에에에----------에에에
후이허도로 살령 살려오십서
에에에에에에 아아아으아아아으아 오오오

휘여------어어형 에이에---오오오----휘
휘여------어어형 에이에---오오오----휘
휘여------어어형 에이에---오오오----휘

(영갯기 들어 이승으로 저승으로 흔든다)

4·3넋살림

한라산신님아   한라산신님아
천왕보살로   살려옵서
지왕보살로   살려옵서
인왕보살로   살려옵서
칠성님전   명을 빌고
제석님전   복을 빌엄수다
아바님전   뼈를 빌고
어머님전   살을 빌엄수다
천금에도   귀한 자손
만금에도   귀한 자손이우다

한라산신님아   한라산신님아
해방조선에   양놈 들언
무자 기축년   사월 초사흘
총 난리여   칼 난리여
집집마다   불난리여
저래 가당   산에서 죽곡
이래 오당   밭에서 죽곡
난 날 난 시   몰라지고

간 날 간 시   몰라지고
죽어 간다   죽어 온다
죽어 온다   죽어 간다

한라산신님아   한라산신님아
돌아보저   돌아보저
뒷개 성산   돌아보저
표선 모살밭   돌아보저
드는물에도   피바당이여
싸는물에도   피바당이여
모실개 절울이   돌아보저
광챙이도   돌아보저
피눈물에   피 수건이여
피 적삼에   피 소중이여

한라산신님아   한라산신님아
한림 금악   돌아보저
애월 도두   돌아보저
조반 먹언   점심에 죽곡

점심 먹언   저녁에 죽곡
돌아보저   돌아보저
한라산광   생이별허곡
처가속광   생이별허곡
수로 천리   육로 천리
일본 주년국   곱아들어
한숨 눈물   설운 넋신

한라산신님아   한라산신님아
이산 저산   잠든 넋신
살아 살아   살려옵서
이승도 못 오고   저승도 못 가고
구름길에   잠든 넋신
바람길에   잠든 넋신
살아 살아   살려옵서
한라산신님아   살려옵서

후기

돌아보니 등단 36년이고 여섯 권의 시집을 세상에 내놓았다.

1983년 「이장」을 발표하면서 오늘에 이르기까지 낮은 목소리로 항쟁의 노래를 불러왔으나 돌아보면 부끄럽기 그지없다.

4·3항쟁 70년을 맞아 주변 문우들의 부추김에 기대어 그 부끄러움을 한데 모아 다시 세상에 내놓는다.

정리를 하면서 행과 연을 다시 생각했고, 어색한 표현과 맞춤법을 다듬었다.

근본이 부실하다보니 분칠을 해도 매한가지다.

그래도 욕심을 부려본다면, 이 시집이 그저 아름답고 청정하다는 내가 사는 섬, 그 그늘엔 아직도 드러나지 않은 피와 눈물이 면면히 흐르고 있음을 생각해주었으면 하는 바람이다.

꽃 진 자리

2018년 3월 23일 1판 1쇄 찍음
2018년 4월 3일 1판 1쇄 펴냄

지은이 | 김수열
펴낸이 | 김성규
책임편집 | 박찬세
디자인 | 조혜주

펴낸곳 | 걷는사람
주소 | 서울특별시 서대문구 거북골로154, 104동 1512호
전화 | 031-901-2602
팩스 | 031-901-2604
등록 | 2016년 11월 18일 제25100-2016-000083호

ISBN 979-11-960081-8-5 04810
ISBN 979-11-960081-0-9 (세트) 04810